KB185709

달빛문고 16

1판 1쇄 인쇄 2025년 2월 18일
1판 1쇄 발행 2025년 2월 25일

글 김리라
그림 이유철
펴낸곳 더공감
펴낸이 서재근
책임편집 강희나
디자인 김규림
홍보 마케팅 서영조
출판등록 제 2021-00046호
주소 충남 아산시 배방읍 광장로 177-10, 펜타폴리스 1동 718호
전화번호 0505-300-1569 | **팩스번호** 0505-333-1569
이메일 iumhouse@naver.com

ISBN 979-11-989351-9-9 74800
　　　978-89-966827-3-8 (set)

상상을 모으는 고양이

김리라 글 ◆ 이유철 그림

아이윤
BOOKS

도망가고 싶은 날

'제발 화요일이 오지 않게 해 주세요! 시험 점수 안 나오게 해 주세요!'

나는 밤하늘에 반짝이는 별에도 빌고 학교 화단에서 만난 개미들한테도 빌었어. 그런데 어김없이 화요일은 왔어.

"뜨악, 65점이라니!"

'이건 분명 뭐가 잘못된 걸 거야.'

나는 선생님이 9자를 6자로 잘못 쓴 것이면 좋겠다

고 생각했어.

　65점이 아니라 95점이면 얼마나 좋을까 하고 점수를 돌려 보는데 콧구멍이 간지러운 거야.

　"아! 스트레스 받아."

　어느새 나도 모르게 검지를 콧구멍에 넣고 빙빙 돌리며 집에 가서 뭐라고 말하면 좋을까 고민하고 있었

나 봐.

"어휴, 더러워! 오름이 너, 가까이 오기만 해 봐라!"

손가락이 콧구멍으로 쏙 들어가서 빙글빙글 돌면
시원해. 스트레스가 풀리는 것 같지. 그런데 내 짝은
눈을 부릅뜨고 콧구멍을 벌름거리며 째려봐.

아빠, 엄마는 다른 과목은 90점 이상, 수학은 무조
건 100점을 받으라고 귀에 딱지가 앉도록 말했어. 수
학 학원을 열심히 다니는데, 학교에서나 학원에서나
신기하게도 60점 이상을 받은 적이 없었거든. 그런데
이번에는 5점이나 올랐는데도 기쁘지 않아. 100점은
아직도 멀었고 이제 학원 한 곳을
더 다니게 될 테니까. 바로 코딩
학원이야. 코딩 학원에 다니
면 진짜 수학 점수가 오를까?
재미있을까?

나는 로봇을 만드는 과학자가 되고 싶어. 내가 만들고 싶은 로봇은 겉모습은 고양이인데, 성격은 쾌활하고 재미있는 로봇이야. 내 애완 로봇은 잘할 때도, 못할 때도 응원하고 항상 웃음을 줄 거야. 아빠, 엄마는 로봇을 만드는 과학자가 되려면 수학이랑 코딩이 중요하다고 했어. 나는 재미가 더 중요한데 말이야.

일주일만이라도 친구들이랑 신나고 재미있게 놀고 싶은데…… 로봇 책도 마음껏 읽고 싶은데…… 내 마음은 이런데…….

교문을 나와 털레털레 집으로 가려는데 아빠, 엄마의 굳은 얼굴이 떠올랐어. 갑자기 머리가 멍해졌어. 그래서 무작정 걸었지. 한참 걷다 보니 아무도 살지 않은 옆 동네 앞까지 왔지 뭐야.

동네 입구에 잎이 무성하고 키 큰 나무가 나를 맞아 주었어. 나무 아래에는 의자만 한 바위 하나가 있었어. '어서 와, 다리 아프지?' 하고 내게 말을 거는 것만 같았지.

　잠시 쉬어 가려고 바위에 앉으니 살랑살랑 바람이 불어왔어. 눈을 감고 바람이 얼굴을 간질이게 내버려 두었어.

　잠시 후, 내 뺨에 무언가 달라붙은 거야. 손가락으로 살살 얼굴을 비비는데, 손끝에 실처럼 가느다란 게 잡혔어. 자세히 보니 은빛 털이었어. 순간 털끝에 점 하나가 점점 커지더니 동그란 눈이 돼서 나를 빤히 쳐다보는 거야. 눈이 딱 마주치는 순간, 시간이 멈춘 듯 정적이 흘렀어. 너무 놀라 미동조차 할 수 없었어.

　"으악! 뭐야? 신형 로봇인가? 외계인인가?"

　털은 눈을 깜빡이더니 찰카찰카 나를 담아내는 것처럼 보였어. 그러더니 휙 뒤돌아 꼬리를 살랑살랑, 따라오라는 듯 신호를 보냈지.

　여느 때 같으면 겁을 잔뜩 집어먹었겠지만, 가늘고 긴 털이 위협적으로 보이진 않았어. 오히려 미래에서

보낸 로봇 같아 흥미가 생겼지. 나의 꿈은 로봇을 만드는 과학자니까.

"심심한데 잘됐다!"

순간 가슴이 콩닥거렸거든. 털은 바람을 따라 잘도 날아갔어. 나는 털을 놓치지 않으려고 달려갔지. 정신없이 따라가다 보니 어느새 파남보 동네 한복판이었어.

예전에는 파남보 동네도 우리 동네였어. 우리 동네 이름은 무지개 동네였는데, 반으로 나뉘었어. 지금 우리가 사는 동네는 빨주노초 동네라 부르고 사람들이 살지 않는 이 동네는 파남보 동네라고 불러.

파남보 동네에는 빈집이 많아서 숨바꼭질하기에 그만이었어. 어른들의 간섭도 없으니 우리 세상이었지. 그래서 방학이 되면 친구들이랑 파남보 동네로 놀러 오곤 했어.

그런데 이제는 아예 아무도 살지 않아. 점점 으스스해. 귀신 놀이가 어울릴 것만 같지 뭐야. 놀이터에는 잡초가 무성하고 쓸모없어진 집은 허물어져 쓰레기 더미 같았어.

아빠는 우리나라 인구가 줄어서 빈집이 점점 늘었다고 했어. 외삼촌 말로는 아이를 낳지 않아서 인구가 줄었다고 했어. 왜 아이를 낳지 않느냐고 물었더니, 행복한 세상이 아니라서 그런 게 아닐까 하고 짧게 대답했어. 행복한 세상이 아니라는 말이 처음에는 이해가 되지 않았지만, 지금은 알 것도 같아. 나처럼 수학을 못 하고 쓸데없는 상상을 하는 아이는 행복하지 않으니까. 행복해지려면 수학을 잘하는 아이로 태어나야 하나?

　그때 내 앞으로 무언가 재빠르게 지나갔어. 몸통은 은색이고 몸동작이 날쌘 동물 같았어. 분명 내가 쫓아온 털과 같은 색의 동물이었어.
나는 녀석을 찾으려고 눈알을 오른쪽, 왼쪽으로 굴리다가 멈췄어. 가까운 곳에서 가늘게 떨리는 알 수 없는 소리가 들렸거든. 소리가 나는 곳은 나무 뒤였어.

　"냐오옹~."

　은빛 털을 반짝이며 고양이 한 마리가 내게 인사했어. 길고 가는 은빛 수염은 따라오라는 듯 살랑살랑 흔들던 털과 같은 것이었어. 은빛 고양이의 꼬리는 유난히 반

짝거려 눈이 부셨지.

"우와, 꼬리에 거울이라도 달린 거야?"

"냐오옹~ 냐아웅~ 니아아웅!"

이번에는 고양이가 '신기하고 재미있는 거 더 보여
줄게. 따라 와!' 하고 내게 말을 건네는 것만 같았어.
나는 뭔가에 홀린 듯이 은빛 고양이를 졸졸 따라갔어.
은빛 고양이가 걸음을 멈춘 곳은 낡은 건물 뒤였어.

은빛 고양이의 정체

나는 주위를 둘러보다가 건물 벽에 붙은 전단지를 발견했어. 별생각 없이 전단지를 훑다가 입이 딱 벌어졌지.

로봇 고양이 드려요!
공짜로 드려요!
단, 상상을 주세요!

로봇 고양이 드려요!
공짜로 드려요!
단, 상상을 주세요!

"세상에! 이게 뭐야?"

로봇 고양이를 공짜로 준다고? 사람도 없는 이런 곳에 전단지를 붙여 놓은 걸 보니 누군가 장난을 친 모양이야.

'누가 이런 장난을 쳤을까?'

그때 은빛 고양이랑 눈이 딱 마주쳤어.

"누가 이런 걸 붙여 놓았을까? 넌 아니?"

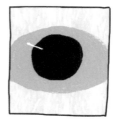

나는 고양이에게 묻고 나서 피식 웃었
어. 설마 고양이가 봤다고 쳐도 말을 할 수
없으니 물으나 마나 한 질문이잖아.

"어어, 그건 선글라스잖아!"

은빛 고양이가 그새 선글라스를 들고 있었는데 안
경테는 노랗고 안경알은 보라색이었어. 보라색 선글
라스라니, 난생 처음 보는 거였지. 은빛 고양이는 내
앞에 선글라스를 조심스레 떨어뜨렸어. 마치 '이것 좀
써 봐.' 하는 얼굴로.

"이거 써 봐도 돼? 난 선글라스는
처음인데."

예전에 문방구에서 파는
장난감 안경을 써 본 적은
있어. 외할머니의 돋보
기안경도 써봤는데,
하마터면 토할 뻔

했어. 눈앞이 어질어질 빙글빙글 도는 것이 무슨 병에 걸린 줄 알았다니까. 안경알이 돋보기라서 어지러우니 벗으면 괜찮다고 할머니가 알려 주었어.

조심스럽게 고양이의 선글라스를 써 보았어. 어지럽지도 않고 속이 메스껍지도 않았어. 고양이가 준 선글라스를 써 보다니, 이런 신기한 일이 또 있을까! 거울이 있다면 선글라스를 쓴 내 모습을 볼 수 있을 텐데 그럴 수 없어서 아쉬웠어.

'근데 고양이가 이걸 어디서 났을까? 비싸 보이는데? 혹시 훔친 거……'

갑자기 불길한 생각이 스쳤어. 창문이 열린 어느 집으로 들어가 선글라스를 입에 물고 나오는 은빛 고양이가 떠올랐지.

"너 혹시 도둑고양이니?"

나는 조금 떨리는 목소리로 물었어.

"누가? 내가?"

은빛 고양이는 어이없다는 듯이 말했어. 나는 놀라서 뒷걸음쳤고 은빛 고양이는 한 걸음 다가왔어.

　"도둑고양이는 아니니까 걱정 붙들어 매시고, 그 선글라스나 돌려주지."

　"헉! 고양이가 말하네."

　은빛 고양이는 여느 고양이보다 입도 크고 이빨도 제법 날카로웠어. 게다가 말하는 고양이라니! 문득 빈 집에 사는 귀신 고양이가 아닐까? 겁이 덜컥 났어.

　나도 모르게 두 손 모아 공손하게 은빛 고양이에게 선글라스를 내밀었어. 속으로는 기회를 틈타 잽싸게 도망쳐야겠다고 생각했지. 은빛 고양이가 선글라스를 입에 물자, 눈에서 노란빛이 쏟아졌어. 순간 노란빛이 내 몸을 휘감았어.

　"으악! 허무하게 죽게 되는 거야? 진즉 도망칠걸."

　나는 두 눈을 질끈 감았어.

　"축하해! 당첨이야! 네 이름은 뭐니?"

가늘고 떨리는 목소리가 내 귀에 파고들었어. 나는
조심스럽게 눈을 떴어. 어느새 노란빛은 사라지고 선
글라스는 바닥에 놓여 있었어.

"어차피 죽을 목숨, 내 이름은 알아서 뭐 하게?"

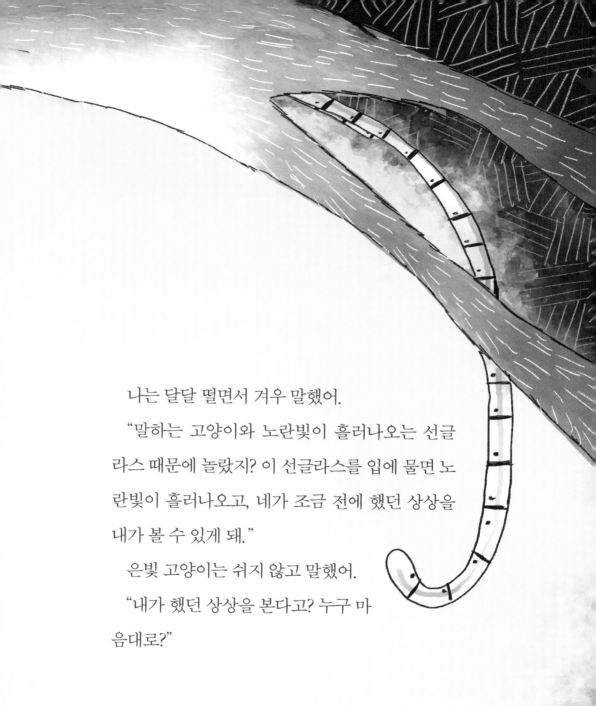

나는 달달 떨면서 겨우 말했어.

"말하는 고양이와 노란빛이 흘러나오는 선글라스 때문에 놀랐지? 이 선글라스를 입에 물면 노란빛이 흘러나오고, 네가 조금 전에 했던 상상을 내가 볼 수 있게 돼."

은빛 고양이는 쉬지 않고 말했어.

"내가 했던 상상을 본다고? 누구 마음대로?"

나는 어이가 없었어.

"난 상상을 모으는 고양이니까."

"내 상상은 내 거야. 그러니까 나만 알아야 해…….
너도 아빠, 엄마처럼 쓸데없는 상상이라고 할 거잖
아!"

나는 말끝을 흐렸어. 사람도 살지 않은 동네에서 내
상상을 마음대로 보는 고양이를 만났다? 귀신이 아니
고서야 그런 일은 있을 수 없으니까. 내가 쓸데없는
상상을 하는지 감시하려고 엄마가 보낸 건가? 그러지
않고서야 누가 내 상상을 보려고 하겠어.

"귀신이라면 어서 사라져!"

나는 고양이에게 소리쳤어.

"귀신?"

은빛 고양이가 고개를 갸웃했어.

"어쩌지. 난 귀신이 아니라 과학의 결과물인걸. 넌
당첨되었고 귀신 대신 대단한 과학자가 만든 최첨단

고양이 로봇을 갖게 되었어. 그 로봇이 바로 나야!"

"네 말이 사실이라면 최첨단 로봇이 왜 사람들이 살지 않는 동네에 있을까? 다 낡아빠진 건물에 말이야. 최첨단 건물의 연구소 같은 데서 박사님이랑 있어야 하는 거 아니야?"

"박사님은 지금 출장 중이서. 그리고 이 건물 지하실에 연구소도 있어. 언젠가는 박사님이 오실 거고, 그때쯤이면 최첨단 빌딩에 멋진 연구소도 차릴 거야."

"뭐? 박사님도 있고 연구소도 있다고! 좋아, 내가 했던 상상을 봤다고 했지? 뭘 봤는지 말해 봐."

내가 의심스러운 듯이 캐묻자, 은빛 고양이 눈이 반짝하고 빛났어.

"네 바지에 주머니 두 개 있지?"

은빛 고양이가 자신감 넘치는 목소리로 말했어.

"그런 건 지나가는 개미도 맞히겠다."

나는 코웃음을 쳤어.

"오른쪽 주머니에 은빛 수염이 한 개가 있을 거야."

"맞다!"

은빛 고양이가 나타나는 순간에 주머니에 넣어 둔 은빛 털이 떠올랐어. 나는 조심스럽게 주머니에서 은빛 털을 꺼냈어.

"그 털은 내 수염이야. 네가 얼마나 멋진 상상을 하

는지 알고 싶었어. 그래서 너에게 보낸 거야. 대부분의 아이들은 관심도 보이지 않는데, 너는 털과 눈을 마주 쳤지. 털이 살아있는 것처럼 말이야."

은빛 고양이는 쉬지 않고 말을 이어 갔어.

"그러고는 로봇 털을 알아보았지. 여기까지 온 건 너의 상상과 호기심 때문이잖아?"

은빛 고양이의 가늘고 떨리는 목소리가 점점 커졌어. 나를 칭찬해 줘서 기분이 좋았다가도, 나를 감시한 건 아닐까 덜컥 겁도 났지. 나는 정신을 똑바로 차려야만 했어.

"아무리 생각해도 수상한 고양이야!"

갑자기 내 입에서 이런 말이 툭 튀어나왔어. 그러자 은빛 고양이 눈꼬리가 올라가고, 입은 얼굴만큼 커지고 날카로운 이빨이 점점 길어진 것만 같았어. 당장이라도 연구소라며 귀신 소굴 같은 건물 지하로 나를 끌고 갈 것만 같았어.

나는 가방을 고쳐 멨어. 운동화 끈도 잘 묶여 있는지 빠르게 확인했어. 꾸물댔다가는 이상한 고양이에게 잡아먹힐 것만 같았어. 도망치려면 먼저 고양이 귀신을 안심시켜야만 했어.

"헤헤, 난 네가 귀신이든 로봇이든 하나도 안 궁금해. 그리고 말이야, 난 비염이 심해서 털 달린 너랑 지내는 건 좀 곤란해. 당첨은 무효로 해 줘. 난 바빠서 이만 실례할게."

나는 달아나려고 조심스럽게 한 발, 두 발 내디뎠어.

"난 귀신이 아니라고! 로봇이라고!"

등 뒤에서 은빛 고양이의 날카로운 목소리가 울려 퍼졌어.

"으악, 사람 살려!"

나는 온 힘을 다해 달렸어. 운동회 때 이렇게 달렸으면 꼴찌는 안 했을 거야.

결국 코딩 학원에 등록한 날!

현관문을 열자, 엄마가 후다닥 뛰어왔어.

"왜 이렇게 늦었어! 곧장 집으로 올 것이지. 전화는

왜 안 받아?"

엄마가 잔뜩 화난 표정으로 말했어.

"엄마, 고양이 귀…… 귀신

이 쫓아왔어요."

"귀신이라니!"

"내가 보기엔 귀신이 맞

는데, 자신이 고양이 로봇이래요."

나는 목 뒤에 흐르는 땀을 닦으며 말했어.

"또 엉뚱한 상상을 했구나! 엄마가 쓸데없는 상상은 그만하라고 했지!"

빨간 립스틱을 발라서인지, 엄마 입술은 엄청나게 빨갛고 반짝거렸어.

"차오름…… 너 말이야……."

마치 공포 영화의 주인공처럼 빨간 입술을 실룩거리며 내게 얼굴을 들이밀었어. 혹시 은빛 고양이가 엄마로 변한 게 아닐까 하고 상상하는데, 엄마의 핸드폰이 울렸어.

"코딩 학원이요? 아이랑 얘기해 보고 다시 전화할게요. 고맙습니다."

학원 전화를 친절하게 받는 걸 보니 우리 엄마가 맞는 것 같았어. 엄마는 우울한 날에 빨간 립스틱을 바르면 기분이 한결 나아진다고 했어. 내가 집으로 바로 안 오자, 엄마는 시험 점수를 예감하고 빨간 립스틱을 발랐나 봐.

"시험 점수 나왔지? 몇 점이야? 선생님께 직접 전화해보려다 참았어."

엄마가 눈을 동그랗게 뜨고 물었어. 눈꼬리가 점점 올라갔어.

"지난 번보다 잘했어요."

"그래서 몇 점이냐고?"

엄마 목소리가 날카로워졌어.

"65점이요."

나는 입을 오므리며 겨우 말했어. 엄마의 빨간 입술이 딱 벌어졌어.

"그래도 5점 올랐어요."

나는 엄마 눈치를 살피며 5자에 힘주어 말했어.

"그러게, 좀 더 열심히 하지! 65점이 뭐니? 아이고, 내가 못 살아."

엄마는 못 살겠다는 얼굴로 한숨을 내쉬었어.

"그래도 5점이나 올랐……."

나는 끝내 말을 다하지 못했어. 조금 전까지만 해도 입술만 빨갰는데, 어느새 엄마 얼굴 전체가 빨개졌거든.

"코딩 학원 등록하자. 수요일은 다른 학원도 없고 학교도 일찍 끝나니까 그날 가면 되겠다."

엄마는 내 생각은 묻지도 않고 단번에 결정했어.

"그동안 수요일은 친구들이랑 놀았잖아요. 그럼 난

언제 놀아요?"

"수학 100점 받으면!"

그날 엄마는 바로 코딩 학원에 등록했어. 나는 코알라처럼 느릿느릿 학원 시간표에 코딩을 적어 넣었어. 다음 주부터는 코딩 학원에 다녀야 해. 틈틈이 숙제도 하려면 내가 좋아하는 상상은 꼬깃꼬깃 접어서 책상 서랍에나 넣어 두어야 해.

일	월	화	수	목	금	토
과학	영어	수학	코딩	수학	영어	논술
★	영어	.	코딩	수학	.	논술

상상을 모으는 고양이 로봇

방과 후 수업을 마치고 집에 왔더니, 수요일이라 그
런지 2시가 조금 안 되었어. 그런데 다음 주부터는 코
딩 학원도 다녀야 해서 수요일의 행복은 오늘로써 끝
이야. 엄마는 집에 없는지 조용했어.

"엄마, 어디예요?"

나는 엄마에게 전화를 걸어 물었어.

"오늘 초등학교 동창 모임 있어서 나왔어. 저녁 먹
고 갈 거야. 아빠도 회식이 있어서 늦을 거야. 저녁은 이모 집에 가서 먹어."

"밥 먹기 전에 친구들이랑 축구해도 돼요?"

"숙제는?"

"없어요."

"그럼 축구하고 이모 집에 가. 다음 주부터 코딩 학원에 가는 거 알지?"

"네에."

나는 겨우 대답했어. 코딩 학원이 떠오르자, 가슴이 답답했거든. 지금도 다니는 학원이 많은데 말이야. 숨을 크게 들이마셨다가 내쉬어 봤어. 다행히 한결 나아졌어. 전화를 끊자 2시였고 해가 쨍쨍했어.

나랑 놀 사람? 축구할 사람?

재미만만 오 총사 단톡방에 올렸지만, 30분이 지나
도록 아무도 대꾸하지 않았어.

친구들도 수요일이 바빠졌나 봐. 단톡방에서 나 혼자 떠들었어. 단톡방 이름은 재미만만 오 총사라고 내가 지었어. 그런데 지금은 노잼 오 총사가 되어버렸어. 오늘까지만 행복한 수요일인데…….

"난 귀신이 아니라고! 로봇이라고!"

문득 은빛 고양이가 한 말이 떠올랐어. 어쩌면 고양이 말대로 로봇일지도 몰라. 만약에 귀신이라면 내가 달아났을 때 공중제비를 돌면서 쫓아왔을 거야. 얼굴만큼 커진 입을 벌린 채 나를 덮쳤을지도 모르지. 그런데 진짜 로봇이라면 더는 망설일 필요가 없었어. 나는 서둘러 집을 나섰어. 6시까지 같은 아파트에 사는 이모 집에 가면 되니까.

나는 파남보 동네에 다다르자 곧바로 전단지가 붙어 있던 건물 뒤로 가 보았어. 전단지만 제자리에 붙어 있었을 뿐 아무도 보이지 않았어.

"냐옹~ 냐아옹~ 냐아아옹!"

은빛 고양이가 슬그머니 나타났어. 나는 뒤로 한 걸음, 또 한 걸음 물러났지. 숨도 작게 내쉬었어. 로봇이 아니면 죽어라 도망쳐야 하니까.

"왔구나! 왔어!"

은빛 고양이가 반갑게 맞아 주었어.

"나 말고 또 다른 아이들이 왔었니?"

나는 조심스럽게 물었어.

"네가 900번째쯤 될걸. 네가 다녀간 뒤로는 아무도 안 왔지만."

"900명씩이나 왔었다고? 사람도 살지 않은 동네에?"

나는 너무 놀라 입이 딱 벌어졌어.

"여긴 너처럼 집에 가기 싫은 아이들이 들리기엔 딱 좋은 곳이지. 참 안 됐더라. 다들 어찌나 공부 걱정만 하던지."

공부 얘기가 나오자, 내 입에서 한숨이 절로 나왔어.

"나도 곧 그렇게 될지도 몰라. 우리 엄마가 그러는데 내가 쓸데없는 상상하느라 공부를 못하는 거래."

"그럼, 그 멋진 상상을 그만두는 거야? 말도 안 돼."

은빛 고양이는 무척 실망한 얼굴로 은빛 꼬리를 늘

어뜨렸어.

"너 말이야! 꼬리에만 털이 없는데 뭘 씌운 거야? 꼬리 보호용 같은 거야?"

나는 최대한 조심스럽게 물었어. 제발 은빛 고양이가 귀신이 아니기를 바라면서 말이야.

"그 반대야. 꼬리에 뭘 씌운 게 아니고…… 말로 설명하는 것보다 이게 낫겠다. 기다려 봐."

은빛 고양이가 다짜고짜 옷을 벗듯이 털을 벗기 시작했어.

"너…… 너 뭐 하는 거야?"

나는 너무 놀라서 두 손을 포개 입을 막았어. 어느새 털옷을 다 벗은 은빛 고양이가 내 앞에 서 있었어. 금속으로 된 몸을 반짝거리며.

"우와, 진짜 로봇이었어! 고양이 로봇. 그런데 그 털옷에는 왜 꼬리가 안 달렸어?"

"박사님은 꼬리를 가리는 게 싫었나 봐. 나처럼 멋

"너……
너 뭐 하는 거야?"

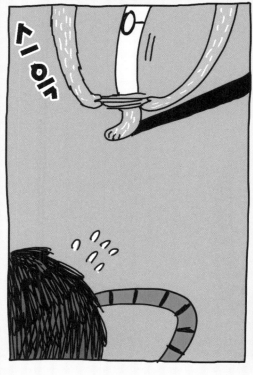

진 로봇 고양이를 털옷으로 다 가리는 건 참을 수 없다고 했거든."

은빛 고양이가 말했어.

"그래서 꼬리만 반짝였구나! 너희 박사님은 어쩐지 재미있는 분 같아. 로봇을 고양이로 만든 것도 맘에 들어."

"박사님은 어렸을 때부터 고양이처럼 생긴 로봇을 만들고 싶었대."

"우와, 나랑 비슷한 점이 많네! 박사님은 출장에서 언제 돌아오셔? 어떤 분일까 궁금하다."

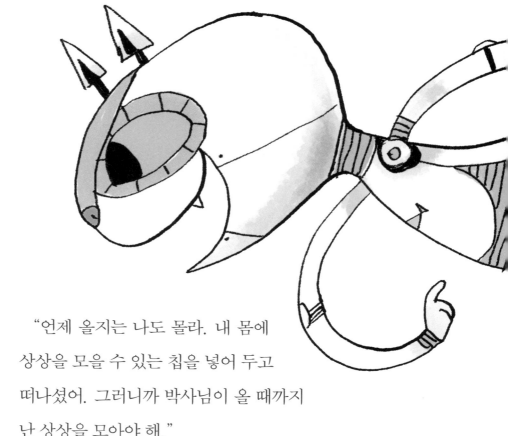

　"언제 올지는 나도 몰라. 내 몸에
상상을 모을 수 있는 칩을 넣어 두고
떠나셨어. 그러니까 박사님이 올 때까지
난 상상을 모아야 해."

　"나도 칩이 있는 거 같아."

　나는 머리를 만지며 말했어.

　"네 몸에도 칩이 있다고? 무슨 칩인데?"

　은빛 고양이가 고개를 갸웃했어.

　"공부 칩이야. 날마다 공부한 걸 머리에 저장해야
하니까 나도 칩이 있는 거지."

나는 손으로 머리를 쓰다듬었어.

"우와, 로봇이랑 비슷하네!"

은빛 고양이가 놀란 듯이 말했어.

"비슷하긴 뭐가 비슷하냐! 하나도 안 비슷해. 넌 재미있는 상상을 모으는데, 난 재미없는 공부를 모아야 하잖아."

나는 불만스러운 목소리로 말했어.

"대신 넌 상상을 하잖아."

"넌 상상을 못 하니?"

내가 물었어.

"지금 로봇한테 상상을 하냐고 묻는 거니? 말도 안 돼!"

은빛 고양이가 배를 잡고 웃었어.

"별로 어렵지 않아. 꼬리에 꼬리를 물면서 즐거운 생각을 하면 돼."

"길게? 난 10초 이상 생각하면 머리가 멍해져. 상상은 인간만 하는 거야. 너처럼 특별한 아이만 하는 거라고."

"특별한 아이만 하는 거라고?"

"그래. 난 최첨단 로봇이지만 인간처럼 감정이 다양하지 않아. 전단지 쓰는데 머리에서 지진 나는 줄 알았다니까. 그러니까 상상은 네가 하고 난 상상을 모으는 거야. 상상을 모으는 것만으로도 난 하늘땅만큼이나 기쁜걸."

은빛 고양이는 두 손을 모으고 간절한 눈빛으로 말했어.

"뭐? 하늘땅만큼이나 기쁘다고? 별것도 아닌데 뭘."

나는 태연한 척 말했지만 기뻐서 깡충 뛰고 싶었어.

은빛 고양이가 털옷을 다시 입으며 말했어.

"서로 이름도 모르면서 실컷 떠들었네. 난 모아야! 상상을 모아서 모아!"

"난 오름이야. 상상이 차올라서 차오름!"

우리는 악수도 했어. 가슴이 벅차올라서 그만 모아의 작은 손을 꽉 잡고 말았어.

"아이야! 손가락 부러지겠다."

"로봇도 아프구나! 미안 미안, 모아야."

노잼 오 종사

목요일 방과 후 수업이 끝나자 나는 영재, 장원이와 함께 교문을 빠져나왔어. 우리 셋은 약속이라도 한 듯이 뛰었어.

우리가 다다른 곳은 학원 근처에 있는 편의점이었어. 서둘러 컵라면 한 개씩을 사 들고 밖에 있는 의자에 앉았어. 영어 학원에 가려면 20분쯤 남았는데, 힘껏 뛰면 2분 정도 걸리는 거리였어. 우린 또 약속이라도 한 듯이 눈 깜짝할 사이에 컵라면을 먹어 치웠지.

"으뜸이랑 승리는 좋겠다. 과외 선생님이 집으로 오시잖아. 우리처럼 부리나케 뛰어다니지도 않잖아. 아, 부럽다! 왕 부러워."

영재가 말했어.

"난 같이 컵라면도 먹고 아이스크림도 먹을 수 있어

서 좋기만 한걸. 우린 자주 볼 수 있으니, 우리의 우정은 영원할 거야."

장원이는 어느새 사 왔는지 아이스크림을 손에 들고 있었어.

"우리의 우정이 영원하다고? 어제 오 총사 단톡방에 내가 올린 글 봤어? 안 봤지? 그러면서 우정 타령은……."

나는 몹시 서운했어.

"난 어제부터 핸드폰 금지야. 집에서 아예 못 봐. 엄마한테 맡겼다가 학교랑 학원 갈 때만 볼 수 있어. 어쩔 수 없지, 뭐. 학원에서 레벨 올리기 전까지는 원시인이야. 꼴찌 반은 싫으니까."

영재가 시무룩한 얼굴로 말했어.

"난 다음 주 수요일부터 학원 하나 더 다닌다."

나는 작게 한숨을 내쉬었어.

"나도 어제부터 수영 배워. 수요일마다 체육센터

에 가야 해. 어쩌냐? 수요일은 너희랑 축구하는 날인데……. 난 축구가 훨씬 좋다고 엄마한테 말했거든. 그런데 그냥 수영 배우래. 수영은 필수라나. 아는 애도 없어서 혼자 다녀야 해. 혼자서는 아이스크림도 못 사 먹는데……. 우리 이러다 영원히 못 만나는 거 아니냐? 초등학교 때 친구가 진짜 친구라는 말을 어디서 들어 본 것 같은데."

장원이가 생각에 잠긴 얼굴로 말했어.

"그래서 우리 아빠랑 엄마도 초등학교 동창 모임에 나가는구나!"

영재가 눈이 커진 채 외쳤어.

"우리 엄마도 그래. 초등학교 때 친구가 진짜 친구가 맞나 봐!"

나도 맞장구쳤어.

"얘들아, 명심하자! 우리도 지금부터 우정이 쌓여야 어른이 되어서도 영원한 친구가 될 거야."

장원이가 침을 튀기며 말했어.
"맞다! 우리의 우정!"
영재는 뭐가 떠올랐는지 가
방에서 핸드폰을 꺼냈어.

나랑 놀 사람? 축구할 사람?

옆 동네에 가서
숨바꼭질할 사람?

귀신 놀이할 사람?

고양이 귀신 보러 갈 사람?
고양이 로봇 보러 갈 사람?

그럼 나 혼자 간다~

영재는 그제야 단톡방에 내가 올린 글을 읽었어.

나도 단톡방을 들여다보는데 영재 얼굴이 내 핸드폰에 딱 붙고 말았어. 영재가 말했어.

"뭐야! 이름을 바꿨네. 노잼 오 총사라니!"

"재미없으니까! 내가 말 걸어도 아무도 대꾸하지 않으니까."

나는 기다렸다는 듯이 외쳤어.

"그래서 혼자 파남보 동네에 갔어? 에잇, 혼자서는 못 갔겠지. 지금은 빈집만 있다던데……. 어째 생각만 해도 으스스하다."

장원이가 몸을 떨었어.

"갔어. 나 혼자 씩씩하게. 무섭긴 뭐가 무섭다고 난리냐."

나는 도리어 씩씩하게 큰 소리로 말했어.

"귀신은 있을 법도 한데 로봇은 또 뭐냐?"

장원이가 연거푸 물었어.

"7분밖에 안 남
았어. 아, 답답하니
까 빨리 말해 봐. 고
양이 귀신은 뭐고 로봇
은 또 뭐야?"

영재는 가방을 어깨에 메고 엉덩이를 들
썩거렸어.

"고양이는 귀신이 아니었어."

나는 목소리를 낮추어 말했어.

"그럴 줄 알았어. 요즘 귀신이 어디 있냐!"

영재가 피식 웃었어.

"귀신은 아니지만 그보다 더 놀라운 일이 생겼어."

"시간 없으니까 2배속으로 말해."

장원이가 재촉했어.

"4배속!"

영재가 손가락 네 개를 펼쳤어.

"그럼 화요일부터 얘기할게."

나는 친구들에게 수학 점수부터 말해
야만 했어. 사건의 발단은 내 수학 점수니까.

"뭐! 65점! 보나 마나 넌 학원에서 꼴찌다."

영재가 꼴찌를 강조하듯 말했어.

"내가 너라면 핸드폰이랑 영원히 이별할지도 몰라."

영재가 몸을 떨었어.

"그래서 어떻게 됐어? 빨리 말해. 시간 없다니까."

영재가 다시 입을 열었어.

"집으로 곧장 가기 싫어서 파남보 동네에 갔거든.

그런데 말이야."

나는 은빛 고양이를 만난 이야기를 들려주었어. 4
배속으로 빠르게 말하려니 침이 사방으로 튀었어.

"상상을 모아서 뭘 한데? 혹시 지구 침략?"

영재는 마치 우주선이라도 찾으려는 듯이 하늘을
올려다보았어.

"영재야, 정신 차려라! 은빛 강아지는 외계인이 아
니고 로봇이란다."

장원이가 잘난 척 말했어.

"장원아, 너나 정신 차려라! 은빛 강아지가 아니고
은빛 고양이란다."

영재가 말했어. 그리고 우리는 까르르 웃었어.

"꺅, 2분 남았어."

"뛰자!"

"4배속으로!"

우리는 있는 힘껏 달렸어.

잿빛 수요일과 벌

방과 후 수업이 끝나고 드디어 코딩 학원에 갔어. 첫 수업인데 지루하고 하품만 연신 나왔어. 게다가 은빛 고양이 모아를 만날 수 없다고 생각하니 어둡고 칙칙한 잿빛 수요일 같았지.

수업 시간 내내 머릿속에는 모아 생각으로 가득 찼어. 그때 갑자기 문이 열리더니 코딩 학원 원장님이 들어왔어.

"오늘은 학원 건물에 소독해야 할 일이 생겨 일찍

마칠 거예요. 다음에 보강 잡아서 수업할 거니까, 집에 가서 부모님께 잘 말씀드리세요."

원장님이 이야기를 마치자 나는 어리둥절하면서도 기뻤어.

"걱정하지 마세요, 원장님!"

4시, 수업 시간보다 20분이나 일찍 끝났어. 어떤 아이는 학원에 쥐가 나타나서 소독하는 거라고 했고 또 어떤 아이는 요즘 벌이 많아져 소독하는 거라고도 했어. 나는 천장을 올려다보았어. 코딩 학원은 4층이고 맨 꼭대기 층이야. 벌들이 천장 어딘가에 집을 짓지 않았을까 하고 상상했어.

집으로 가려면 신호등이 있는 건널목을 건너야 하고 모아에게 가려면 곧장 걸어야 해. 모아에게 가고 싶어서 가슴이 잔뜩 부풀었다가도 빨간 립스틱을 바른 화난 엄마 얼굴이 떠올라 쪼그라들었어. 모아를 만나고 집에 가면 너무 늦을 것만 같았어.

나도 엄마처럼 화가 나거나 기분이 안 좋을 땐 빨간 립스틱을 발라야 할까? 그러면 기분이 나아질까? 나는 작게 한숨을 내쉬고는 집으로 가기로 마음을 다잡았어.

빨간불이 켜진 건널목 앞에 섰어. 다른 날 같았으면 학원에서 쏟아져 나온 아이들로 붐빌 텐데 오늘은 이상하게 나 혼자였어. 한참 동안 기다려도 신호등이 안 바뀌는 거야. 그때 머리 뒤에서 이상한 소리가 들렸어. 마치 작은 곤충이 날갯짓하는 소리 같았어.

"우웅 우웅 웅웅웅."

어느새 벌들이 떼를 지어 내 앞을 가로막았어. 마치 거대한 깃발처럼 펄럭이는가 싶더니 독수리처럼 커다란 새가 되어 내 머리 위를 빙빙 돌았어. 나는 눈앞에서 벌어지는 광경이 놀랍고도 신기해서 눈을 뗄 수가 없었어.

벌들은 부지런히 뭉쳤다 흩어지기를 반복하더니 이

번에는 공중에 글자를 새겼어.

"상상 천재!"

글자를 읽고 나자, 가슴이 쿵쾅거렸어. 나는 건널목을 건너지 않고 그대로 지나쳤어. 힘껏 뛰다 보니 어느새 파남보 동네였어. 숨이 차올랐지만, 곧장 낡은 건물 뒤로 가 보았어.

"모아야! 모아야!"

"왔구나, 왔어! 오름이 왔구나!"

은빛 고양이 모아가 반갑게 맞아 주었어.

"조금 전에 무슨 일이 있었는지 네가 알면 아마도 기절초풍할걸."

"뭔데 그렇게 호들갑이니?"

"벌이 나타났거든! 아마 수백 마리, 어쩌면 수천 마리도 넘을걸."

나는 숨을 고르며 조금 전에 일어난 일을 털어놓았어. 그랬더니 모아가 눈을 반짝이며 선글라스를 내 앞에 내려놓았어.

"그래. 내 상상을 보여 줄게."

"정말 봐도 돼? 사생활 침해라고 따지지 않기다."

"물론이지. 근데 너 언제부터 예의 바른 로봇이 되었냐!"

나는 큭큭 웃으며 선글라스를 썼다가 모아에게 주었어. 모아가 선글라스를 입에 물자 눈에서 노란빛이 쏟아졌어. 눈이 부셔서 질끈 감았어.

"우와, 넌 벌들을 떠올렸고 벌들은 널 여기로 데려왔어. 넌 정말 상상 천재야."

"상상 천재라는 말, 진짜 오랜만에 들어봤어. 내가 여섯 살 때였어."

나는 눈을 지그시 감고 여섯 살 때를 떠올렸어.

"오름이가 무지개를 그렸네!"

엄마는 스케치북에 크레파스로 그린 그림을 들여다

보며 활짝 웃었어.

"엄마, 아빠 그리고 오름이도 그렸다며 어디 있을까?"

아빠는 눈을 동그랗게 뜨고 무지개를 살폈어.

"숨바꼭질하는 거야. 난 무지개 뒤에 숨었고 엄마, 아빠가 날 찾으러 왔어. 우리 모두 무지개 뒤에 있어."

나는 손가락으로 무지개를 콕 집으며 말했어.

"무지개만 있는 줄 알았는데 우리 모두 있구나! 오름이는 그림도 잘 그리고 상상력도 넘치네."

71

엄마는 나를 꼭 안아 주었어.

"오름이는 상상이 차올라서 차오름이었네!"

아빠는 나를 번쩍 안아 주었어. 그 후로도 아빠와 엄마는 내가 하는 상상을 궁금해하고 칭찬도 아끼지 않았어.

그런데 초등학교에 입학하고 나서부터는 달라졌어. 아빠, 엄마의 관심은 점점 내 시험 점수뿐이었어. 아빠, 엄마가 내 마음을 몰라줘서 속상했는데 이제 모아를 만나서 얼마나 기쁜지 몰라.

"너의 상상은 재미있고 기발해. 널 만난 건 나한테도 행운이야."

모아가 칭찬하는 바람에 내 어깨가 저절로 으쓱 올라갔어.

"오늘 학원 소독한다고 일찍 끝났거든. 다음엔 올 수 있을지 모르겠어."

나는 힘없이 말했어.

"상상 연구소에 같이 가려고 했는데…… 어렵겠네."

모아의 목소리가 실망에 찬 듯 작아졌어.

"너 지금 상상 연구소라고 했니? 나도 가보고 싶어!"

어느새 희끗희끗하지만 단정하게 빗어 넘긴 머리에 양 끝이 올라간 콧수염의 주인공이 빙긋 웃는 모습이 떠올랐어.

"어쩌면 박사님도 만날 수 있겠다. 이번에는 코딩 학원에 전기도 나가게 해달라고 빌어야겠어."

"오, 그래? 나도 같이 빌자."

내가 두 손을 모으자 모아도 따라 했어.

"왜 이렇게 늦었니? 핸드폰은 왜 안 가져갔는데."

현관문이 열리자, 엄마가 기다렸다는 듯이 물었어. 나는 집에 늦게 온 이유를 솔직히 말해야겠다고 마음 먹었어.

"엄마, 사실대로 말하면 안 혼낼 거예요?"

"그래. 뭔데?"

"학원에 소독한다고 원장님이 일찍 끝내 주셨거든요. 아마도 학원 천장에 사는 벌 때문인가 봐요. 그런데 벌이 내 앞에 나타나서……."

나는 말을 멈추고 깃발 모양의 벌떼들이랑 독수리 모양의 벌떼를 떠올렸어.

"벌? 벌떼가 나타났어? 왜? 너 괜찮니? 벌한테 안 쏘였어? 말벌은 아니지? 어디 좀 보

자. 엄마도 쏘여 봐서 알아. 엄청 따가워. 정말 괜찮은 거니? 벌이 나타나면 창문을 열어. 어디 좀 보자."

엄마의 질문은 꼬리에 꼬리를 물었어. 나는 그때마다 고개를 끄덕였는데 자꾸 웃음이 나왔어. 아마도 엄마가 내 걱정을 해주는 게 기분이 좋았나 봐.

맙소사, 보충 수업이라니

일주일은 마치 개미가 운동장 일곱 바퀴를 돌듯이 느렸어. 일주일 동안 상상 연구소는 어떤 곳일까? 백 번쯤 떠올렸나 봐. 드디어 수요일이 되었어. 방과 후 수업이 끝나자, 숨 가쁘게 뛰었어.

"소독! 소독!"

나는 큰 소리로 외치며 뛰었어. 간절히 원하면 이루어질지도 모르니까.

문을 열고 들어가자 마침 원장님이 계셨어.

"오름아, 일찍 왔구나! 코딩이 재미있나 보구나!"

"안녕하세요!"

나는 정중하게 인사부터 하고 궁금한 걸 묻기로 했어.

"원장님, 오늘도 소독하나요?"

나는 소독에 힘주어 물었어.

"지난주에는 소독하느라 코딩 수업이 빨리 끝나서 아쉬웠지? 그때 못한 수업 오늘 보충하려고."

원장님 대답에 금방 후회하고 말았어. 괜한 말을 꺼내서 보충 수업을 하게 된 게 아닌가 싶었거든.

나는 눈알만 굴리다가 천장을 보았어. 날벼락이라는 말은 이럴 때 쓰는 말 같았어. 가방에서 핸드폰을 꺼내 엄마에게 보충 수업 한다고 전화를 걸었어.

"열심히 하고 와! 끝나면 곧바로 집에 오고."

전화를 끊고 나자, 머리가 멍해졌어. 더는 코딩 학원에서 일찍 나갈 희망 같은 건 보이지 않았어. 모아랑 상상 연구소에 가는 걸 포기해야만 했어.

수업이 막 시작되려는데 문이 열리고 원장 선생님
이 들어왔어. 그때까지 나는 시들시들한 배추처럼 앉
아 있었지.

"오름아, 잠깐 나와 봐."

원장님이 밖으로 불렀어.

"오름아, 전화 받아 봐."

원장님이 핸드폰을 건네주었어. 그때까지 내 핸드
폰은 가방에 있었어.

"여보세요?"

"오름아, 오늘이 장원이 생일이래."

"다음 주가 아니고 오늘이요?"

노잼 오 총사가 되고부터 단톡방에 잘 들어가지 않아서인지 까먹고 있었어.

"생일 파티 하려고 장원이네 집에 모였는데, 너만 빠졌다고 연락이 왔어. 원장님께는 말씀드렸으니까 얼른 가 봐. 참, 선물은 어떡하니?"

"영재가 대표로 샀을 거예요. 돈은 나중에 주면 돼요."

갑자기 가슴이 쿵쾅거리기 시작했어. 전화를 끊고 가방을 챙겨 장원이 집으로 정신없이 뛰었어.

친구들은 이미 모여 놀고 있었어. 내가 도착하자, 기다렸다는 듯이 생일 케이크에 꽂아 둔 초에 불을 붙였어.

"생일 축하합니다~ 장원이의 생일을 축하합니다~."

장원이가 촛불을 끄자, 우리들을 대표해 영재가 준
비한 생일 선물을 장원이에게 주었어. 꽤 두툼한 선물
이었어. 그럴싸한 포장에 나도 어떤 선물인지 기대가

되었어. 미처 상상하지 못한 멋진 선물이길 은근히 기대했지. 장원이가 포장지를 풀자, 그 안에서 필통이랑 연필이랑 지우개가 나왔어. 참 재미없는 선물이었어. 아마도 영재 어머니가 준비해 준 선물일 거야. 영재가 요즘 공부에 열심이라고 해도 이렇게 시시한 선물을 직접 준비했을 리는 없으니까. 내 생일에는 제발 이런 시시한 선물은 주지 않기를 기도해야겠어. 우리는 생일 상에 차려진 치킨과 돈가스, 김밥 등을 맛있게 먹었어. 우리 오 총사가 모두 모인 게 얼마만인지 몰라. 이렇게 오랜만에 둘러앉아 있는 게 신기할 정도였어.

"장원아, 생일 축하해. 그리고 미안한데 나 먼저 집에 가야 해."

으뜸이가 벌떡 일어났어. 승리도 따라 일어났어.

"벌써 가게? 생일인데?"

나는 돈가스를 오물거리며 물었어.

"과외 선생님 오시기로 했어."

“나도.”

으뜸이랑 승리는 장원이 엄마에게 깍듯이 인사를 하고는 쌩하니 가 버렸어.

“나도 가야 해. 엄마가 축하만 해주고 빨리 오라고 하셨거든.”

“장원아, 생일 축하해. 안녕히 계세요.”

영재가 일어나 인사하자 나도 덩달아 일어나 인사했어.

“잘 가라. 난 숙제나 해야겠다.”

장원이가 나도 할 일이 있다는 듯이 손을 흔들었어.

예전 같았으면 나는 오 총사의 이런 행동에 삐지거나 화를 냈을지도 몰라.

“재미만만 오 총사가 노잼 오 총사가 되었네! 친구 생일인데 벌써 간다고!”

분명 따졌을 거야.

물론 친구들에겐 이제 공부가 중요하다는 걸 알지

만 말이야. 내게 상상이 중요하듯이 말이
야. 아파트 앞에서 영재와 헤어지고 나서
파남보 동네를 향해 힘껏 뛰기 시작했어.
나에게는 오늘이 매우 신나는 중요한 날이
될테니까.

파남보

드디어 상상 연구소

"모아야, 나 왔어!"

나는 숨을 고르며 모아를 찾았어.

"오름아, 어서 와!"

"백 번도 넘게 상상했어."

"뭘?"

"상상 연구소 말이야."

"우와, 백 번씩이나! 넌 정말 못 말리겠다. 따라와."

모아를 따라 간 곳은 건물 앞이었어.

1층 현관문은 유리인데 반쯤 깨져 있었어. 다행히 현관문이 열려 있어서 무사히 안으로 들어갔지. 오른쪽에는 2층으로 올라가는 계단이 있었어. 왼쪽은 지하로 내려가는 계단이 있었지. 아슬아슬 계단을 내려가자, 파란 철문이 나타났어. 칠이 벗겨지고 녹이 잔뜩 슬어 있었어. 철문에는 최신 도어록이 설치되어 있었어.

모아가 꼬리로 철문을 가리켰어. 나는 숨을 한 번 크게 내쉬고 도어록에 손바닥을 대었어. 은색 불빛이 반짝이며 글자들이 나타났어.

"숫자가 아니라 한글이야!"

우리 집 도어록은 내 음력과 양력 생일을 숫자로 누르고 별표를 눌러. 그런데 온통 한글이라니! 도어록은 내 머리보다 높은데 그동안 모아는 어떻게 문을 열었을까.

"넌 문을 어떻게 열어?"

나는 궁금해서 물었어.

"박사님이 문을 열 수 있게 리모컨을 만들어 줬는데, 그만 잃어버렸지 뭐야. 목에 걸고 다녔는데 어느 날 없어졌어."

"그럼, 밖에서 지낸 거야? 잠도 밖에서 자고?"

"응."

모아가 고개를 끄덕이자 나는 놀라서 입이

다물어지지 않았어. 잠시 생각해 보았지. 모아는 나랑 이야기도 나누고 내 상상도 좋아해 주는 아주 고마운 친구란 말이야. 박사님이 리모컨을 만들어 줬지만, 어딘가 부족해 보였어.

"내가 잃어버렸으니까 내 잘못인걸."

모아 목소리가 점점 작아졌어.

"만약 내가 박사라면 네가 문 앞에 서기만 해도 문이 열리게 할 거야."

로봇을 만들 만큼 똑똑한 박사님이라면 분명 모아를 위해 더 좋은 발명을 해낼 수 있었을 텐데 말이야. 아무튼 과학자는 생각할 게 많은 것 같았어.

"와, 오름이 넌 생각이 깊구나! 널 기다리길 잘했어. 보람이 느껴진다."

모아가 눈을 반짝이며 말했어.

"박사님 오시면 '리모컨 말고 다른 걸로요!' 하고 말해. 알았지?"

나는 목에 잔뜩 힘주어 말했어.

"리모컨 말고 다른 걸로요!"

모아도 목에 잔뜩 힘주어 따라 했어.

"응. 잘했어."

나는 엄지를 '척'하니 올렸어.

"암호는 알지? 내가 열어 볼게."

나는 손가락을 꼬물거리며 도어록 가까이에 대었어.

"재미만만! 그리고 별표를 눌러."

"너 지금 재미만만이라고 했니?"

나는 내 귀를 의심했어.

"응. 재미만만 그리고 별표."

"암호가 정말 재미만만이야?"

"그렇다니까. 누가 듣겠어. 쉿!"

모아가 주위를 살피며 작게 외쳤어.

나는 모아가 알려 준 대로 재미만만을 누르고 별표를 꾹 눌렀어. 띠리릭 소리가 나서 손잡이를 잡아당기자 철문이 열렸어. 지하라서 그런지 캄캄해서 앞이 잘 보이지 않았어. 조심스럽게 연구소 안으로 한 발, 두 발 내딛자 불이 저절로 켜졌어.

"우와!"

나도 모르게 입이 떡 벌어졌어. 낡은 건물 지하실 치고는 꽤 넓었어. 그리고 내가 상상했던 연구소보다 백배는 좋아 보였어. 책상 위에는 로봇 설계 도면이 여러 장 펼쳐져 있었고, 벽면에는 모니터가 여러 대 있었어.

연구실 가운데에는 은빛 의자와 은빛 침대가 놓여 있었어. 나는 모아와 함께 소파에 앉았어. 그런데 모아가 갑자기 털옷을 벗기 시작했어. 모아는 금세 은빛으로 반짝였지. 이곳과 정말 잘 어울리는 로봇 고양이가 된 거야.

"내가 누울게. 배꼽을 누르면 칩이 한 개 나올 거야. 그걸 저 책상 위에 있는 컴퓨터에 연결하면 돼."

모아가 눕자 나는 동그랗게 튀어나온 배꼽을 찾았
어. 손가락으로 배꼽을 누르자, 안에서 동그랗고 손톱
만 한 은빛 칩이 나왔어.

"모든 게 다 은빛이야!"

나는 칩을 들고 책상 앞으로 갔어. 그런데
아무리 찾아봐도 컴퓨터는 보이지 않았어.

"책상 위에 설계 도면 있지?
그 아래에 있어."

나는 설계 도면을 치우고 책상 위를 살폈어.

"손바닥을 책상 위에 올려 봐."

나는 손바닥을 책상 위에 올려 놓았어. 책상이 은빛으로 반짝이더니 홀로그램으로 된 평면 컴퓨터로 바뀌었어. 평면 컴퓨터는 볼록해지고 커지면서 입체 컴퓨터로 변신했지.

"우와! 우와! 우와!"

내 입은 쉬이 다물어지지 않았어.

"지금이야! 칩을 연결해."

모아의 말대로 칩을 컴퓨터에 연결했어.

"너의 상상은 선글라스를 통해 칩으로 이동했어."

"그 칩을 컴퓨터에 연결했고?"

내가 물었어.

"너의 상상을 다시 볼 수 있게 되었지."

모아의 말을 듣자, 가슴이 마구 뛰었어.

"정말이었구나! 정말 나의 상상을 모았구나!"

상상천재

연구실 한쪽 벽이 커다란 스크린이 되었어.
그동안 내가 파남보 동네에서 했던 상상들이 펼
쳐졌어.

털에서 눈이 생기더니 점점 커졌어. 하늘을 날던 벌들이 새겨 놓은 상상 천재라는 글자, 독수리가 된 벌이 나타났어.

잠시 후 나의 상상은 점점 사라지고 까만 점 한 개가 생겼어. 점은 점점 커지더니 사람이 되었어. 어깨와 가슴까지만 보였는데 하얀 가운을 입은 어른이었어.

"얼굴이 없어! 누굴까?"

몹시 궁금한 나머지 눈을 떼지 않았어. 그러자 턱부터 입이랑 코까지 얼굴이 서서히 선명해지지 뭐야. 혀를 쭉 내밀고 있는 표정이 어른치고는 좀 재미있었어. 노란 안경테에 안경알은 보라색이고 동그란 선글라스를 낀 사람이었어. 모아가 갖고 있던 선글라스랑 똑같았지. 왼쪽 가슴에는 이름표도 달려 있었어.

"상상 천재 차○름 박사!"

가운데 글자는 흐릿해서 안 보였어. 내 이름이랑 비슷해서 신기했는데 가까운 곳에서 가늘고 떨리는 목소리가 들렸어.

"리모컨 말고 다른 걸로요!"

"리모컨 말고 다른 걸로요!"

모아가 눈을 반짝이며 나를 보고 말했어.

 작가의 말

상상을 모으고 싶다고요?

제 꿈은요, 7살 때까지는 생선가게 주인이었어요. 왜 생선가게 주인이었을까요? 당시 갈치는 비싼 생선이라 자주 먹을 수 없었어요. 그래서 생선가게 주인이 되서 마음껏 갈치를 먹는 상상을 하곤 했어요.

제 꿈은요, 초등학교 때는 연극 연출가였어요. 연극 연출가는 연극 대본도 쓰고 연극 연출을 총괄하는 사람이에요. 저는 대본을 쓰며 상상 속으로 풍덩 빠져들었지요. 내가 쓴 대본으로 동생들과 함께 연극을 했어요. 입장권도 만들어서 부모님께 팔았지요. 그 돈으로 달콤한 사탕과 고소한 과자를 사 먹었어요.

제 꿈은요, 중학교 때는 시인이었어요. 멋진 시에 빠져들어

아름다운 시를 쓰는 걸 상상했어요. 종이에 그림을 그리고 시를 옮겨 적어 친구들에게 선물했어요. 저는 시인이 되는 상상을 하면 행복했어요.

그런데 고등학교 때, 꿈도 상상도 사라졌어요. 10년이 훌쩍 지난 어느 날이었어요. 동생이 이렇게 말했어요.

"언니, 동화 써볼래? 언니는 예전에 시도 잘 쓰고 글짓기도 잘했잖아. 언니가 쓰면 진짜 재미있을걸!"

저는 바로 동화를 쓰기 시작했어요. 동생은 늘 저에게 용기를 주고 아낌없이 응원해 주었고요. 마치《상상을 모으는 고양이》에 나오는 모아처럼요. 고마운 동생과 저처럼 상상하기 좋아하는 어린이를 떠올리며《상상을 모으는 고양이》를 썼지요. 상상은 자유롭고 신비해요. 어디든 무한대로 데려가지요. 그곳이 우주든, 과거든 가리지 않아요.

어린이 여러분도 상상을 모으고 싶다고요? 걱정하지 마세요. 상상을 모으는 고양이가 곧 여러분을 만나러 갈 거예요. 은빛 털옷을 입고 반짝이는 꼬리를 바짝 세우고서요.

상상을 모으는 고양이 작가 김리라